ANNALES
GALANTES.

QUATRIESME PARTIE.

A PARIS,

Chez CLAVDE BARBIN, au
Palais , fur le fecond Perron
de la Sainte Chapelle.

M. DC. LXX.
AVEC PRIVILEGE DV ROY.

ANNALES
GALANTES.

QVATRIESME PARTIE.

L A débauche eſt une eſpece de graine infernale, qui provigne merveilleuement ſur la terre. Un exemple de libertinage n attire mille ; & au lieu que la vertu ne défriche es vices qu'un à un, par

AN DE
GALAN-
TERIEV
DVLCIN

travail & par patience ; le vice déracine les plantes de la vertu avec la vîteſſe d'un torrent. La ſecte des Fraticelles avoit paru tout à coup comme l'effect d'un enchantement. Son progrés avoit imité la viſteſſe de ſes commencemens ; & il falut tous les ſoins de cinq des Succeſſeurs de Boniface pour l'eſteindre. Il n'y avoit perſonne qui ne voulût faire une Secte à ſa mode, à l'imitation des Fraticelles : Mais entre ceux qui

porterent ce defir plus Dvlcin
loin, Dulcin, Prince des
Lombards, fut le plus in-
genieux & le plus fertile
en nouveautez agreables.
Ce Prince vivoit 12. ou 15.
années aprés la condam-
nation des Fraticelles;
l'Eftat Ecclefiaftique é-
toit troublé de guerres
& de feditions, qui em-
pefchoient le S. Pere de
veiller aux defordres du
dehors : Et le fiege de ces
guerres ayant efté long-
temps dans la Lombar-
die, elle avoit efté fi dé-
peuplée d'habitans, que

Dulcin apportoit tous ſes ſoins à la repeupler. Il fit des deffenſes à toutes perſonnes, ſur peine de la vie de garder le celibat paſſé la quatorziéme année de leur âge. Il contribuoit de ſon fonds aux mariages inégaux : Il accordoit de grands priviléges aux Eſtrangers pour les attirer dans ſon Eſtat; mais Marguerite ſa femme, que l'Hiſtoire ſurnomme la Voluptueuſe, s'appercevant que cette nouvelle maniere de repeupler la Lombardie diminuoit les revenus du Prince, s'avifa d'un fecret plus infaillible, & moins incommode pour le Souverain. Elle confeilla à Dulcin d'accorder une permiffion generale à fes fujets de changer de maris & de femmes, autant de fois qu'ils le jugeroient à propos. L'avis fut trouvé bon, & promptement executé ; & le Prince rafinant fur l'imagination de la Princeffe, non feulement il fit l'Edit de divorce qu'elle luy avoit confeillé; mais il promit afile & protection à tous les Eftrangers qui voudroient fe fervir du privilege. Cette Declaration ayant efté publiée dans tous les Royaumes de l'Europe, on ne voyoit que Flottes de gens de toutes nations, & de tous fexes qui venoient s'établir en Lombardie, pour joüir de la liberté du Païs. Il n'y avoit plus affez de bled dans cette Province pour nourrir les nouveaux habitans, bien qu'elle foit la plus fertile qui foit au refte du mon-

de : Et comme il eft de ^{DVLCIN}
la politique d'un Souve-
rain, de donner l'exemple
des chofes qu'il comman-
de, le Prince & la Prin-
ceffe furent des premiers
à reduire en pratique ce
qu'ils faifoient enfeigner
aux autres. Mais comme
ils eftoient prudens & de-
licats , ils voulurent connoiftre les gens qu'ils
choifiroient. Ils s'eftabli-
rent Iuges de tous ceux
qui demandoient la li-
berté du divorce. Dulcin
interrogeoit les hommes
fur les plaintes qu'ils fai-

DVLCIN foient de leurs femmes, afin d'apprendre par eux l'inclination de celle qu'il projettoit de mettre en la place de Marguerite ; & Marguerite ayant le mefme intereft dans l'examen des femmes, voulut eftre commife à juger de leurs mécontentemens. Dulcin n'eftoit pas peu empefché à bien juger des accufations des maris. Il leur trouvoit à tous tant de raifon, que leur fincerité luy eftoit fufpecte. Il ne pouvoit croire qu'il y eût un auffi grand

nombre de femmes in-
commodes qu'il en trou-
voit dans cette recher-
che ; & voyant que sa
femme estoit plus traita-
ble encore que les autres,
bien qu'elle eût beaucoup
de defauts , il craignoit
d'estre forcé de s'en te-
nir à son premier maria-
ge , quelque desir qu'il
eût de proceder à un se-
cond Celles qui estoient
belles estoient ou co-
quettes, ou méprisantes;
les laides estoient soup-
çonneuses; les spirituel-
les estoient imperieuses

DVLCIN & opiniaſtres ; les inge-
nuës eſtoient peſantes :
enfin toutes avoient quelque qualité contraire à la
douceur de la ſocieté :
Il ne conſideroit pas
qu'on ne luy propoſoit
que des imparfaites , &
que les maris ſe trouvant
contens de celles qui ne
l'eſtoient pas , ne demandoient point le divorce
avec elles. Marguerite
n'eſtoit pas ſi embaraſſée
à trouver ſon aſſortiment,
ſoit qu'elle fuſt moins
difficile à contenter , ou
que Dulcin eût des qua-

litez si communes , que ^{DVLCIN}
tous les autres en eussent
de plus rares. Nostre Princesse trouvoit dans tous
les maris mécontens de-
quoy faire valoir le privilege ; mais le Prince vouloit qu'elle l'attendist. Il
aimoit mieux une nouvel-
le femme que l'ancienne ;
mais il trouvoit Margue-
rite meilleure que rien.
La premiere femme qui
fut amenée à nostre Prin-
cesse estoit une jeune
brune enjoüée, d'une dé-
marche libre , & d'une
phisionomie spirituelle.

DVLCIN Son habit eſtoit propre
& agreablement jnventé;
ſes actions plaiſoient, &
il eſtoit aiſé de remar-
quer qu'elle les faiſoit à
deſſein de plaire. Paſſez,
luy dit Marguerite ſi-toſt
qu'elle la vit, il n'eſt pas
neceſſaire de vous exami-
ner pour ſçavoir dequoy
vous vous plaignez. Vous
voulez avoir des Amans,
& voſtre mary ne veut
pas permettre que vous
en ayez; vous avez raiſon
de le changer, les époux
de ce caractere ſont in-
commodes, & vous devez

en changer jusques à ce DVLCIN .
que vous en trouviez un
qui ne contraigne point
voſtre inclination. Helas,
Madame, reprit la brune,
mon mary ne me con-
traint point ; & s'il faloit
avoir des ſujets de ſe
plaindre d'un époux pour
joüir des privileges du
changement, je ne ſerois
point venuë dans vos
Eſtats. Mon mary m'ai-
me, il eſt jeune & bien-
fait, il n'eſt point jaloux,
& je ne manque ny de
bijoux ny de parures. Hé
pourquoy le changez-

BVLCIN vous donc , interrompit
Marguerite toute furpri-
fe, pour le plaifir de changer feulement ? Madame,
reprit la femme en foû-
riant , ne comptez vous
pour rien le pouvoir de
rompre une chaîne qui
devoit m'attacher toute
ma vie ; & n'avez vous
jamais veu de gens nour-
ris de mets les plus deli-
cats, fe faire un ragouft
d'un morceau de bœuf?
Sans mentir , repliqua
Marguerite , noftre fexe
eft admirable, & j'avouë
que je ne croyois pas qu'il
portaft

DVLCIN

portaſt le caprice du changement ſi loin. Apres cette reflexion, la Princeſſe
des Lombards, ordonna
qu'on miſt cette femme
en teſte des épouſes mal
contentes, & qu'on luy
donnaſt le choix de tous
les maris à pourvoir. De
cet examen elle paſſa à
celuy d'une ſeconde. C'eſtoit une Blonde, fade &
languiſſante, dont la dé-
marche negligée faiſoit
connoiſtre la pareſſe na-
turelle. Quelle plainte
faites-vous contre voſtre
mary ? luy dit Margueri-

IV. Partie.　　　　B

DVLCIN te. Madame, reprit la froide Blonde, il m'aime trop, il veut inceſſamment me careſſer, il ne me laiſſe point en repos. O Dieu ! s'eſcria l'Eſpouſe de Dulcin, qu'on oſte promtement cette femme d'avec les autres, elle eſt de meſchant exemple, & prenant le nom de l'Eſpoux ſur ſes tablettes, elle crût que c'eſtoit par cét homme qu'elle devoit commencer à eſtablir la nouvelle loy du divorce. Elle avoit à peine fait cette reſolution, qu'on luy presenta une ^{DVLCIN} troisiesme Mécontente, dont la Physionomie pas-sionnée luy fit juger qu'elle se plaignoit d'un mal tout contraire à ce-luy de la precedente. Vous estes jalouse, luy dit la Princesse, & vous quittez vostre mary, parce qu'il est coquet. Plûst à Dieu, Madame, que vous eus-siez bien deviné, reprit sa femme, je ne serois pas si malheureuse que je le suis ; il n'y a rien de si commode qu'un mary coquet, il est toûjours

DVLCIN propre & parfumé: il fort
tout le jóur , & la crainte
qu'il a que vous ne pene-
triez dans fes affaires, l'o-
blige à nous abandon-
ner la conduite des nô-
tres : Maís helas le mien
n'eft pas de cette hu-
meur , il ne fort de chez
luy qu'aux Feftes annuel-
les ; & jugeant de mon
temperament par le fien ,
je ne fais jamais un pas
fans qu'il me ferve d'Ef-
cuyer. L'époufe eut per-
miffion de changer de
mary à l'heure mefme.
Cette caufe de divorce

estoit une des plus legiti-
mes qu'on pût alleguer;
& Marguerite continuant
son office, il vint une femme sur les rangs , dont
le sujet de plainte estoit
tres nouveau, & tres-bi-
zarre. Son mary vouloit
qu'elle fist l'amour , &
elle ne pouvoit se resou-
dre à le faire. C'est donc
que l'Amant qu'il vous
propose , ne vous plaist
pas ? luy dit Marguerite.
Ce n'est point cela , Ma-
dame, reprit la femme,
car il me donne la liber-
té de choisir : Il dit que

DVLCIN les femmes qui ont de
l'honneur , font de tels
Dragons dans un mé-
nage , que pourveu que
je n'aye plus cette qua-
lité d'honneſte femme ,
il luy eſt indifferent qui
me la faſſe perdre. Et en
effet , Madame , j'avoüe
qu'elle me rend vn peu
fiere, c'eſt un beau joyau
que l'honneur , & quand
une femme peut dire je
ne crains perſonne, elle
eſt rarement vaincuë
dans les diſputes domeſ-
tiques . Mon mary dit
donc, qu'il veut que je

devienne coquette , & que les femmes font plus dociles , quand elles ont quelques apparences à ménager. Mais, Madame , j'aimerois mieux mourir que de confentir à ce qu'il fouhaite ; j'ayme l'honneur, je ne veux rien faire qui l'offenfe , & je renonce plûtoft au mariage , qu'au priuilege de parler hautement & fans crainte, ainfi qu'une honnefte femme doit faire. Marguerite trouva cette femme fi ridicule, qu'elle fit figne qu'on l'oftaft de fa veuë , fans daigner luy faire aucune réponfe. Elle eut quelque raifon de ne pas s'arref-ter long-temps à celle-là; car elle eftoit fuivie d'une autre qui avoit tant de chofes à dire, qu'elle con-fomma toute l'Audience. C'eftoit une Françoife, originaire du Langue-doc, mais fi belle & fi charmante, que la Prin-ceffe des Lombards ne la vit qu'avec admiration. Comment eft-il poffible, dit-elle, qu'un mary veüil-

le changer une telle fem-
me ? L'Eſtrangere ne ré-
pondit point à ce diſ-
cours. Il y avoit tant de
chefs compris dans cette
accuſation , qu'elle ſup-
plia Marguerite de per-
mettre qu'elle racontaſt
ſon hiſtoire toute entie-
re. Elle n'eſtoit pas faite
d'une maniere à eſtre re-
fuſée : Marguerite accor-
da ce qu'elle deſiroit , &
l'Inconnuë prenant la pa-
role, en langue Italien-
ne, qu'elle parloit comme
ſa langue naturelle , elle
commença ſon diſcours
de cette ſorte.

HISTOIRE
de Nogaret & de Mariane.

LE
DEGOÛT

JE ne fçay, Madame, par où je dois commencer mon Hiftoire : le Portrait des Heros, & de l'Heroïne, qui eft le Prelude ordinaire des Narrations, m'eft interdit, car vous voyez comme je fuis faite, & vous verrez le Heros quand il vous plaira, puifqu'il eft dans la falle prochaine avec le Prince Dulcin. Ie ne fe-

ray point aussi de genealo-
gie inutile , il doit vous
estre indifferét de sçavoir
qui estoient mes predecef-
feurs, pourveu que vous
sçachiez l'affaire dont il
s'agit: je suis femme, & je
me plains de mon mary.
Ecoutez, s'il vous plaist ,
le sujet de mes plaintes,&
jugez de mes raisons. Ie
suis de Montpellier, vil-
le fameuse pour les belles
personnes qu'elle produit,
& je m'appelle Mariane
Nogaret : un gentilhóme
assez voisin de nos quar-
tiers, ayant eu quelques

affaires à Montpellier, il
me vit, & il me trouva
aſſez à ſon gré pour me
dire qu'il m'aimoit. Cette
confidence n'eſtant pas
auſſi terrible dans noſtre
païs qu'elle l'eſt dans
quelques autres, j'avouë
franchement que je luy
fus fort obligée de me
l'avoir faite. Les com-
mencemens de noſtre in-
trigue ne furent pas de
longue durée ; car mon
Amant fut appellé à la
Cour de France pour des
affaires peu importantes
à mon hiſtoire; & le Roy

Philippe , furnommé le Bel, conçeut tant de bonne volonté pour luy, qu'il l'arrefta auprés de fa perfonne. Il m'avertit de fa nouvelle faveur, & pendant quelque temps j'eus fujet de croire qu'elle ne le forceroit pas à m'oublier. Il m'écrivoit fouvent, fes lettres me fembloient affez paffionnées; mais la Cour ayant cela de propre, qu'elle ofte aifément la memoire des Provinces , infenfiblement Nogaret devint plus pareffeux de m'écrire , &

à la fin il ne m'escrivit
plus. Ie passay deux an-
nées entieres sans rece-
voir aucune de ses lettres;
mais il peut y avoir trois
ans ou environ, qu'ayant
esté envoyé par le Roy son
maistre au Pape Boniface
qui estoit alors à Anagnie,
il passa par le Languedoc,
& soit par hazard ou de
dessein, il vint à Mont-
pellier. I'avouëray sans vanité que j'estois en repu-
tation d'estre la plus belle fille qui fust dans nostre Province en ce temps
là, j'avois plus d'embon-

point, que lors que No-_{LE DEGOÛT} garet m'avoit veuë le premier voyage , ma gorge , & ma taille s'eſtoient formées , & Nogaret eſtoit devenu le Seigneur de France le plus accomply. Nous n'eûmes donc aucune peine à rallumer nos pre-mieres flâmes , je ne voyois rien en Langue-doc de ſi parfait que Nogaret , & il me juroit qu'il n'avoit rien veu en France, ny en Italie, qui m'égalaſt. Le trait de legereté qu'il avoit fait à fon premier voyage, me faifoit douter des protestations de celuy-cy : Ie me fouvenois qu'il m'en avoit dit autant avant fon départ, & qu'il l'avoit oublié fi-toft qu'il m'avoit perdu de veuë : mais il fçavoit donner des pretextes fi fpecieux à fon filence ; & j'avois un defir fi violent qu'il dift vray, que je l'aidois moy-mefme à me tromper. Sa fortune & fon devoir le rappellant auprés du Roy, il ne fit pas un long fejour à Montpellier,

lier ; mais il me donna DeGoût
fujet de croire que ce
qu'il y laiffoit alors luy
eftoit devenu beaucoup
plus cher , qu'il ne l'avoit
efté autresfois. Il m'écrivoit de tous les lieux où
il paffoit ; il n'y avoit aucune mode à la Cour de
France dont je n'euffe la
premiere fleur; & les bien-
faits du Roy Philippe
l'ayant élevé dans un rang
où il ne devoit pas craindre d'eftre refufé s'il me
demandoit à mes parens;
il fit cette demande avec
tant d'ardeur, & avec tant

II. Partie. C

d'avantage de mon cofté que je luy fus d'abord accordée. Ie fus menée à Lyon, où Nogaret vint me joindre, & le mariage ayant efté celebré dans cette ville, mon nouvel Efpoux me conduifit à la Cour avec un équipage qui avoit de l'air d'un Triomphe plûtoft que du train d'un Particulier. Le Roy receut Nogaret avec de grandes demonftrations de joye; la Reyne me combla de prefens & de careffes, & fi j'avois le plaifir de voir Noga-

ret effacer tous les jeu-
nes Seigneurs de son â-
ge, il avoit celuy d'en-
tendre loüer son choix
par tous ceux qui me
voyoient. Trois ou quatre
mois se passerent de cette
sorte, avec tant de conté-
tement pour l'un & pour
l'autre, que je ne puis pen-
ser à ce temps bien-heu-
reux, sans soûpirer de
douleur de ce qu'il ne
dure pas encore. Mais,
Madame, ce que je vais
vous dire, est il croyable?
Les premiers transports

de noſtre joye eſtoient à
peine paſſez, que les noms
d'époux & d'épouſe nous
devinrẽt inſupportables.
Nogaret augmentoit tous
les jours d'eſtime & de
credit ; & je puis dire que
l'air de la Cour ne dimi-
nuoit pas mes charmes.
Si Nogaret n'avoit point
eſté mon mary , j'aurois
eu beſoin de toute ma
vertu pour ne l'aimer pas
plus que je ne l'aurois dû ;
& il avoüoit que ſi je
n'avois pas eſté ſa femme,
il ſeroit mort d'amour
pour moy ; mais la neceſ-

sité indispensable de nous
aimer, nous donnoit des
tentations continuelles
de nous haïr. Nous ne
pouvions demeurer une
demie heure seuls sans
nous ennuyer ; si le caprice ou l'habitude nous
arrachoit quelques ca-
resses, elles nous sem-
bloient hors d'œuvre, &
on auroit dit que ce n'é-
toit que pour nous acquitter d'une corvée que nous
nous rendions les petits
soins, à quoy nostre de-
voir nous obligeoit. Ce
n'est pas que nous n'eus-

fions un fonds d'eftime l'un pour l'autre que rien ne pouvoit deftruire, Nogaret vivoit avec moy avec beaucoup de refpect, & beaucoup d'honnefteté, & je ferois morte mille fois plûtoft que de manquer à ce que je luy devois. Mais nous nous regardions comme de bons amis, qui eftant affeurez l'un de l'autre, s'aimét d'une amitié tranquille, fans tranfport, & fans empreffement. Cette efpece de bienveillance, donne aux femmes les ajuſtemens, que leur rang demande à Meſſieurs les Maris, & met les Eſpoux à couvert de l'orage domeſtique. Mais ce n'eſt pas contentemét pour de jeunes cœurs qui s'eſtoiét attendus à quelque choſe de plusfort. On voudroit que les commencemés fuſſent durables, & quand ce qui devroit eſtre un effet d'amour, n'eſt qu'un effet de politique, ou de complaiſáce, le mariage deviét un peſant fardeau, pour les gens qui ont le cœur delicat. Cette reflection nous rendant chagrins & inquiets, Sara Colomne, l'un des amis particuliers de Nogaret, s'apperçeut de ce changement. Cét homme eſt fameux dans l'Europe par ſes irreve-rences envers le Pape Boniface; Nogaret avoit fait le voyage d'Italie avec luy; & outre la fa-miliarité que ces ſortes de voyages font naiſtre entre les voyageurs, Co-lomne eſtoit un homme tres-aimable; & tres-judi-cieux. Il preſſe mon époux de luy dire le ſujet de

ſa

sa melancholie, & l'assu-
rant qu'il douteroit à jamais de son amitié, s'il
refusoit de luy donner
cette marque de confian-
ce; il luy arracha l'aveu
de son dégoût pour moy.
Vous estes dégoûté de
Madame de Nogaret? re-
peta Colomne tout sur-
pris: Hé , dites-moy de
grace, connoissez - vous
quelque femme au mon-
de plus belle, & plus di-
gne de vostre amour
qu'elle l'est? Ce n'est pas
de sa beauté dont je me
plains, repartit mon es-

I V. Partie.   D

poux froidement , j'a-
voüe qu'elle eſt grande,
& qu'un autre qu'un ma-
ry la trouveroit parfaite :
mais , mon cher, de quel
uſage m'eſt cette beauté ?
de quel uſage? reprit Co-
lomne : Et pour qui vou-
lez - vous donc qu'elle
ſoit d'un uſage commo-
de , ſi ce n'eſt pour vous?
ne mettez-vous point de
difference entre une fem-
me dégoûtante & une
bien faite? & quand vous
retrancheriez l'uſage de
l'Himenée au ſeul plaiſir
de la veüe , n'eſt-il pas

plus charmant pour un Le Degoût.

espoux, de trouver chez
soy à son arrivée une femme jeune & brillante,
qu'une vieille & des-
agreable? Hé mon Dieu
mon amy, reprit Noga-
ret d'un ton méprisant,
une femme est toûjours
assez belle, pour le peu
qu'un mary la regarde.
Quand un homme a de
l'honneur, il vit avec la
laide comme avec la
belle, & il a de plus l'a-
vantage d'aimer ce qu'il
trouve de plus beau ail-
leurs, au lieu que quand

on a une femme comme la mienne, il semble qu'on ait perdu le jugement lors qu'on veut en aimer une autre. Les Dames vous renvoyent à vostre femme, comme à ce que vous devez trouver de plus beau, & croyât qu'un époux regarde son épouse avec les yeux des gens indifferens, vous appelleriez Dieu & tous les Saints à témoins, que vous aimez une personne, que vous ne la persuaderiez pas. Ha; si j'étois le mary d'une telle, pour suivit-il en nommant la plus laide femme de la Cour, avec quel plaisir dirois-je à Madame de Nogaret qu'elle est la plus belle femme du móde? Elle me croiroit: car elle sçauroit qu'il est vray, elle m'auroit obligation de mes loüanges, & peuteftre qu'elle me recompenseroit de les luy donner par quelques legeres faveurs: mais si je faisois ce compliment à toutes les femmes de la Cour, elles croiroient que je raille: car elles sçavent bien dans

leur cœur que Madame
de Nogaret eſt plus belle
qu'elles. Cette converſa-
tion ſe faiſoit dans une
ſalle où nous mangions
d'ordinaire : il y avoit une
grotte à coſté de cette ſalle où j'eſtois entrée apres
le dîner, pour me repoſer;
de ſorte que j'entendois
diſtinctement ce qui ſe di-
ſoit. Ie ne fus point ſur-
priſe du commencement
du diſcours ; ſi on m'avoit
demandé la verité de mes
ſentimens, j'aurois dit de
Nogaret tout ce qu'il di-
ſoit de moy , mais quand

LE DE-
GOUT.

je l'entendis souhaiter
d'estre le mary de celle
qu'il avoit nommée, je
ne pûs m'empescher de
faire un éclat de rire. Colomne mit la teste dans
la grotte pour voir d'où
cét éclat estoit party, &
me voyant assise sur une
pile de carreaux un livre
dans ma main, & le visa-
ge aussi tranquille que si
je n'avois eu aucun inte-
rest à ce qu'on venoit de
dire ; Sans mentir, dit-il
en riant à son tour, voicy
la maison des miracles.
L'homme de France qui a

D iiij

la plus belle femme vou-
droit avoir la plus laide,
afin d'avoir le plaisir de
faire l'amour à la sienne.
La femme du monde qui
merite le mieux toute la
passion de son mary, re-
çoit les assurances de son
dégoust avec un éclat de
rire , quelles gens estes-
vous donc ? continua-t-il
en nous regardant fixe-
ment : Vous , dit-il à Nogaret , puis que vous trou-
vez Madame vostre
femme si digne d'estre
aimée, que ne l'aimez-
vous ? entrez dans cette

grotte, & luy contez vos raisons. Helas ! interrompit Nogaret avec un soûris dédaigneux, il m'est si fort permis de luy dire tout ce que je voudray, que je n'ay plus rien à luy dire : Et vous recevez cét aveu en riant ? Madame, repliqua Colomne en m'adreſſant la parole. Pourquoy ne rirois-je pas ? repris-je ſans m'émouvoir, la choſe n'eſt elle pas aſſez plaiſante pour me faire rire ? Ouy ſans doute, reprit le Romain, j'avouë que les ſentimens

de voſtre mary ſont di-
gnes de la riſée des gens
indifferens : mais, Mada-
me, je ne croyois pas
que vous conſervaſſiez ce
caractere avec luy. C'eſt
toutesfois le meilleur que
je puiſſe prendre, inter-
rompis-je froidement : &
puis à dire vray, je ſuis ſi
fort du ſentiment de No-
garet ſur tout cela, que
je croirois faire une injuſtice de le blaſmer. De
grace, dit mon Eſpoux
en tirant Colomne par le
bras, allons prendre l'air,
vous avez tant de fois pro-

noncé les noms de Mary
& de Femme que vous
m'avez donné la migrai-
ne. Ils sortirent en disant
ces mots, & vn moment
apres mon tailleur m'ayāt
apporté un habit d'une
mode particuliere, & que
j'avois inventée, je me
trouvay si bien dedans,
que je voulus aller chez la
Reine pour me montrer.
Ie la trouvay dans la ruë,
qui alloit à une devotion,
où je n'estois pas en hu-
meur de la suivre, & n'ayāt
pas rencontré deux ou
trois Dames chez elles,

j'allay attendre le retour
de la Reyne dans le jar-
din du Palais. J'avois pro-
mis mon caroſſe à une de
mes amies ce ſoir là ; de
ſorte que je le luy envoy-
ay, ſi toſt que je fus dans
le jardin; & choiſiſſant les
endroits les plus reculez,
je m'amuſay à entretenir
ſolitairement mes pen-
ſées. Mais, Madame,
admirez le caprice de la
deſtinée, j'étois ſeule, il
n'y avoit aucune perſonne
de mon train à la porte
du jardin, j'étois maſquée
& cette année 1310. on

portoit les masques tres-
petits en France : par hasard mon mary & Colom-
ne passerent proche du
lieu où j'étois, & Noga-
ret voyant une femme
d'assez bonne mine, qui
se promenoit seule dans
ce jardin ; il luy prit envie de l'accoster. Il n'a-
voit jamais veu l'habit
dont j'étois vestuë, & il
m'avoit laissée couverte
d'un autre lors qu'il estoit
sorty ; de sorte que n'ayât
aucun soupçon de la veri-
té, il debuta par un élo-
ge tres-galant, de ce qu'il

Le De-
gout.

Le De-
Gout.

voyoit de ma perſonne.
Cette rencontre me pa-
rut ſinguliere, je voulus
m'en divertir, je déguiſay
le ton de ma voix le mieux
qu'il me fut poſſible , &
contrefaiſant la plaideuſe
de Province , qui ne ſça-
voit aucune des particu-
laritez de la Cour , je ſe-
conday ſi bien l'erreur de
Nogaret, qu'il ne luy vint
jamais dans l'eſprit que je
fuſſe autre que ce que je
me diſois être. Le voilà ſur
les loüanges , & ſur les
proteſtations : il admiroit
tantoſt ma taille, tantoſt

la forme de ma gorge ,
mes cheveux étoient les
plus beaux qu'il euſt ja-
mais veus, mes yeux, mon
action , ce qu'il remar-
quoit du bas de mon vi-
ſage , tout l'enchantoit.
Colomne avoit beau le
tirer par la manche, pour
faire ceſſer une converſa-
tion dont il commençoit
à craindre les ſuites, il ne
pouvoit l'arracher d'au-
pres de moy , il vouloit
me ſuivre au bout du
monde & pour le tran-
cher court, il ſortit de ce
jardin le plus amoureux

de tous les hommes. Co-
lomne regardoit cette
manie avec compaſſion:
j'entendois qu'il le con-
iuroit en Italien que
vous voyez que je parle
aſſez bien, de ne pas s'a-
muſer à une avanturiere
qui n'eſtoit peut - eſtre
rien moins que ce qu'el-
le paroiſſoit, que Paris é-
toit tout remply de ces
ſortes de perſonnes qui
faiſoient les prudes & les
innocentes, bien qu'elles
en ſceuſſent plus que ceux
qu'elles interrogeoient, &
qu'il ſe rendroit la riſée de
toute

toute la Cour, ſi on dé-
couvroit qu'il euſt ſeulement parlé à cette incon-
nuë, le temps qu'il y a-
voit qu'il luy parloit :
mais Nogaret avoit l'o-
reille bouchée à toutes ces
conſiderations. Il auroit
juré ſur ma mine que j'é-
tois auſſi ſage qu'en effet
je l'eſtois, & s'opiniâtrant
à vouloir me remener
chez moy pour appren-
dre ma maiſon, j'eus be-
ſoin de tout le pouvoir
que je commençois , à
avoir ſur ſon eſprit pour
l'obliger à permettre que

IV. Partie.   E

je me retiraſſe avec liberté. Ie luy dis que j'avois
un mary jaloux qui ne
ſouffroit point de gens
tels que luy dans ſa mai-
ſon, que je jugerois de
l'effet que j'avois produit
ſur ſon ame par la défe-
rence qu'il auroit pour
mes volontez, qu'il ſe
contentaſt de penſer que
j'eſtois une femme re-
connoiſſante, & que je
ſçaurois bien le recom-
penſer un autre jour, de
la curioſité qu'il me ſa-
crifieroit. Il ſe retira
flaté de cét eſpoir, &

moy ayant trouvé le fe-
cret de marcher fur le
pied de Colomne , je luy
fis figne que je voulois
luy dire quelque chofe. Il
me fuivit à un endroit que
je luy marquay de l'œil,
& Nogaret ayant trop de
crainte de me déplaire
pour l'accompagner , il
l'attendit au bout de l'al-
lée , tres-impatient de
fçavoir ce que je luy voulois dire. Colomne, luy
dis-je lors que je iugeay
que mon époux ne pou-
voit nous entendre ; je
fuis Madame de Nogaret.

E ij

Il penfa faire un cry à ce
nom , mais luy ferrant la
main, Taifez vous luy dis-
je , cette intrigue icy eft
affez plaifante pour eftre
pouffée plus loin , cher-
chez un caroffe inconnû
qui me reconduife chez-
moy , & venez me pren-
dre icy le plûtoft que
vous pourrez, nous rirons
à loifir de ce qui vient
d'arriver. Colomne re-
tourne trouver Nogaret fi
remply du defir de rire,
qu'à peine pouvoit-il le
furmonter. Il dit à mon
époux abufé que je m'é-

tois enquife de fa maifon,
& des moyens dont il fa-
loit fe fervir pour luy écrire, & l'ayant accompa-
gné iufques à l'apparte-
ment du Roy, il s'échap-
pa de luy adroitement, il
prit le premier caroffe de
connoiffance qu'il trouva
dans la Cour, & il vint
me chercher où il m'a-
voit laiffée. Ce Romain
eftoit amy parfait de mon
époux, & dans toute au-
tre occafion que celle-là,
je n'aurois pas obtenu de
luy de faire une trahifon
à Nogaret, mais il auroit

crû luy rendre un service
considerable s'il avoit ral-
lumé sa passion pour moy,
& il regardoit cette ga-
lanterie côme un moyen
innocent. Si-tost que je
fus dans mon apparte-
ment je quittay l'habit
que j'avois, je deffendis à
mes femmes de le laisser
voir à personne, & de di-
re que je l'eusse porté, &
reprenant celuy que No-
garet m'avoit veu le mê-
me matin, je consultay
avec Colomne sur les
moyens de faire durer nô-
tre Comedie. J'estois ab-

solument infenfible au
mépris de mon mary, &
je ne m'attendois pas à le
faire cefler par cette rufe,
mais je trouvois l'hiftoire
réjoüiffante & je voulois
la pouffer iufques au bout.
Ie ne me fuffe pas avifée
de l'inventer, mais puis
que le hafard avoit efté fi
ingenieux je voulois le fe-
conder. Colomne me for-
tifia dans cette penfée &
retournant trouver Noga-
ret, il luy dit autant de
bien de moy qu'il luy en
avoit dit de mal avant
que de me connoiftre.

Sans mentir, luy diſoit-il,
cette inconnuë que nous
avons veuë dans ce jar-
din eſt bien faite, je ne
voy rien icy qui égale ſa
bonne mine, & ſi ce que
ſon maſque nous a caché
eſt auſſi beau que ce qu'il
nous a laiſſé voir, c'eſt la
beauté du monde la plus
parfaite. Nogaret l'em.
braſſoit à cét aveu, com-
me s'il luy euſt rapporté
quelque grand avantage,
& le conjurant de luy ai-
der à découvrir la Dame
maſquée, il luy avoüoit
qu'il n'avoit iamais eſté ſi
amoureux

amoureux qu'il l'eſtoit.
Je fortifiay cette paſſion
par deux ou trois entre-
veuës, où j'avouë que je
faiſois de mon mieux pour
triompher de l'erreur de
mon ſuſceptible mary.
Nous étions alors aux Car-
mentales, que nous ap-
pellons en France le Car-
naval. Dans ce temps les
François vont maſquez
par les ruës & dans les
aſſemblées, & la paix
ayant eſté concluë entre
l'Eſtat Eccleſiaſtique, &
le Roy Philippe environ
dans cette ſaiſon ; elle fut
        IV. Partie.   F

plus remplie de divertiffe-
mens cette année là, que
les autres. La maniere
dont nous vivions Noga-
ret & moy, ne nous per-
mettoit pas d'eftre fou-
vent de mefme partie,
nous avions chacun nô-
tre focieté à part; & quand
il étoit forty avec fa compagnie, je m'habillois
d'habits qu'il ne pouvoit
reconnoiftre, & ne me-
nant avec moy que des
filles, aufquelles je def-
fendois abfolument de
me nommer, j'allois le
pourfuivant d'affemblée

en assemblée pour luy
faire de nouvelles blessu-
res. Le changement que
le masque apporte à la
voix, déguisoit la mienne
d'une telle sorte que No-
garet ne me regarda ja-
mais que comme l'Incon-
nuë du jardin; & dans cette qualité je ne disois pas
une parolle dont il ne pa-
rût enchanté. Il me con-
juroit par tout ce qu'il
pouvoit imaginer de plus
pressant, de luy donner
les moyens de me voir
chez moy, mais le mary
jaloux que j'avois cité en

noſtre premiere conver-
ſation, me tiroit d'affaire
là deſſus ; & quand de la
propoſition des viſites, il
ſe retranchoit à celle de
me laiſſer voir ſeulement,
je diſois que je me deffiois
des gens de la Cour , que
je voulois l'éprouver en-
core quelque temps avant
que de me découvrir à
luy , & que s'il s'opiniâ-
troit à me voir , ou qu'il
entrepriſt de me faire ſuivre , je changerois de
maiſon le lendemain, &
me cacherois ſi bien à l'a-
venir , qu'il pourroit me

tenir pour perduë. Cette crainte le faifoit demeurer dans les termes où je voulois qu'il fuft, mais pour le recompenfer de fa foûmiffion, je luy donnois fouvent de mes lettres, que Colomne faifoit copier & je prenois fes reponfes. Ie me fouviens que ces lettres donnerent matiere à une bizarre avanture. Nogaret en perdit une, & ce que je luy difois du mary fuppofé, luy faifant apprehender qu'elle ne fuft trouvée par des gens fuf-

F iij

pects , il s'avisa d'une plai-
sante ruse pour éviter cét
inconvenient. Il en fit
faire plusieurs écrites de
caracteres differens , & il
les fit glisser dans les poches de tous les hommes
de la Cour qu'il sçavoit
estre gens à bonne fortu-
ne. Ie ne sçaurois vous
representer , Madame ,
combien cette plaisante-
rie apporta de trouble à
la Cour. Tous ces billets
estoient amoureux , les
uns estoient doux, & les
autres emportez. Il y en
avoit qui exprimoient de

la jalousie, & du dépit, quelques uns étoient des remercimens, mais presque tous donnoient des rendez-vous ; de sorte, qu'on ne voyoit autre chose aux promenades , que les galans à billets, qui venoient à l'assigna-tion, qu'ils croyoient a-voir receuë. Cela fit des querelles , & des divor-ces. On démêloit les in-trigues pour deviner, si un tel billet n'estoit point d'un tel ou d'une telle , on cherchoit les expers en écriture, pour verifier

F iiij

les caracteres ; & à dire
vray , fi l'intrigue de Nogaret & de moy avoit été
une vraye affaire, fa precaution n'auroit pas été
inutile : car le billet fut
trouvé par un de ces jeu-
nes gens indifcrets, qui
l'ayant veu fortir de la poche de Nogaret, & voyant
qu'il parloit d'amour, me
l'apporta , croyant com-
me je le penfe qu'il tire-
roit quelque avantage de
cette indifcretion. Ie ris
de bon cœur, quand je
vis ce billet , & l'action de
celuy qui me le prefen-

toit : je le remerciay de
ce service, cóme s'il avoit
esté fort important , &
courant à la chambre de
Nogaret; Tenez Seigneur,
luy dis-je , en luy rendant
le billet, & en contrefai-
sant la jalousie , ayez plus
de soin une autre fois des
lettres amoureuses que
vous recevez , en voilà
une qui est tombée de
vostre poche en bonne
compagnie , & il n'est
pas d'un homme aussi
discret que vous l'estes,
de laisser courir dans le
monde des lettres de ce

caractere. Nogaret rou-
git à la veuë de cette lettre, mais la piece qu'il
avoit faite luy fourniſſant
un pretexte de diſſimula-
tion : Ce ſera ſans doute,
reprit-il froidement, quel-
ques-uns de ces billets
qu'on a pris plaiſir à jetter dans les poches de
tous les gens de la Cour :
& alors l'ouvrant comme
s'il ne l'avoit jamais veuë,
il y leut ces paroles.

OVY, mon *Brave*, je
croy pouvoir eſtre ai-
mée. Ie ſuis aſſez belle pour

concevoir cette opinion , *&* ce n'eſt pas de mes charmes dont il faut me perſuader. Ie les connois mieux que vous ne les connoiſſez , mais je doute qu'on puiſſe aimer ce qu'on n'a jamais veu. Pour vous , il n'eſt pas extraordi-naire que je vous aime , je ſçay qui vous eſtes , *&* je vous voy tous les jours à découvert , mais que ſçavez-vous , ſi ce que mon maſque vous a caché , ne vous dé-gouteroit point de ce qu'il vous a laiſſé voir? Les femmes ſont de grandes trompeuſes , *&* peut-eſtre au moment que

*vous m'aimez avec tant
d'ardeur sans me connoistre,
je vous serois la personne du
monde la plus indifferente si
vous me connoissiez bien.*

Sans mentir, s'écria Nogaret apres avoir leu cette
lettre, voilà un billet bien
galant, & que ce soit une
feinte, ou que ce soit une
verité, la personne qui l'a
écrit doit estre infiniment
spirituelle. Ie pensay é-
clater de rire à cét aveu
de Nogaret, mais n'étant
point encore lasse de cét
innocent divertissement

je me contraignis, & je luy dis fans m'émouvoir;
Que trouvez-vous de fi extraordinaire dans cette lettre? Ce que j'y trouve? s'écria mon mary d'un ton d'exclamation ; tout Madame, le fens , le tour, l'expreffion , la delicateffe des penfées. Certes, re-partis-je avec la mefme froideur, je ne voy rien que de tres commun dans tout cela. Je ne me picque point de bien écrire , mais je gagerois que j'écriray une lettre comme celle-là ; quand il me plaira.

Nogaret me regarda avec
un mépris qui pensa me
faire perdre contenance,
& levant les yeux, & les
épaules, comme s'il euſt
eu compaſſion de ma va-
nité, il la trouva ſi injuſte
qu'il ne daigna m'hono-
rer de ſa réponſe. Il ſortit
ſans me dire un mot, & il
alla chercher ſon cher Colomne, pour luy faire le
recit de ce qui s'étoit paſſé. J'eus ſouvent de ces
ſortes de regales pendant
que le Carnaval dura; mais
le voyant preſt à finir &
Nogaret me preſſant tous

les jours de ſoûlager ce
qu'il appelloit ſon marty-
re. Je me reſolus à con-
clure cette Comedie, en
me laiſſant voir à luy; &
luy donnay un rendez-
vous en une maiſon de
campagne, qui eſtoit à
une lieuë de la Ville, où
je luy dis que j'avois obtenu permiſſion de mon
mary d'aller paſſer quel-
ques jours. Il penſa mou-
rir de joye quand il enten-
dit ces paroles, il me ſer-
ra la main avec un tranſ-
port qui luy fit oublier
qu'il me la meurtriſſoit, &

depuis le soir où je luy donnay cette affignation, jufques au jour où il devoit s'y rendre, il goûta fi peu de repos, qu'il m'en faifoit pitié. Il s'ennuyoit par tout, il changeoit de place de quart d'heure en quart d'heure. J'apprenois de fes gens qu'il ne dormoit plus : mais enfin ce jour tant fouhaité arriva. Nogaret ne devoit fe rendre au rendez-vous, qu'àpres le Soleil couché, & cependant il entra dans ma chambre tout habillé, avant que l'aurore fût levée.

vée. Je feignis d'eſtre ſur-
priſe de cette diligence,
& je luy demanday ce qui
la cauſoit. J'ay un ordre
du Roy à executer, me
dit-il, qui m'oblige à me
tenir preſt tout le jour
pour le recevoir. Ce men-
ſonge me fit ſoûrire, &
voulant mettre noſtre
menteur en peine. Cét
ordre vous empêchera t-
il de venir ſouper ce ſoir
à une maiſon où j'ay pro-
mis de vous mener ? luy
dis-je. Oüy ſans doute, il
m'en empêchera, reprit
Nogaret precipitáment :

I V. Partie.　　G

car ce ne fera, peut-eftre,
que ce foir que je l'execu-
teray. Hé quoy, repar-
tis-je, vous vous habil-
lez avant le jour, pour
une affaire que vous
croyez ne faire que cette
nuit? Vous fçavez ma de-
licateffe, reprit mon diffi-
mulé, fur ce qui concerne
l'obeïffance que je dois à
mon maître. J'aime mieux
eftre preft douze heures
plûtoft qu'il ne faut que
de me faire attendre un
moment. Hé Seigneur,
luy dis je, en prenant une
de fes mains, foyez de ma

partie, je vous en conjure, je ne fuis pas accoûtumée à vous faire fouvent des prieres femblables, mais je vous avouë que vous me mettrez au defefpoir, fi vous me refufez celle-cy. Nogaret avoit confer-vé beaucoup de refpect pour moy : quand fous le nom de la Provinciale j'avois voulu fçavoir fes fentimens fur fa femme ; il m'avoit toûjours fermé la bouche, en me difant, que c'étoit une chofe fa-crée pour leur intrigue : Ie n'ay plus aucune paf-

sion pour elle, me disoit-
il ingenüement, mais je
l'estime assez pour mou-
rir plûtost que de souffrir
qu'on en dist du mal, & je
croy que vous n'aimeriez
pas à en dire du bien. Cét
époux si moderé ayant
donc à me refuser une
chose que je luy deman-
dois avec tant d'instance,
il colora ce refus de raisons les plus apparentes
qu'il pût trouver, mais
je ne me rebuttois point,
je faisois des caresses, j'y
mêlois des reproches, je
luy demandois cette com-

plaisance comme la seule
que je luy demanderois
jamais. Helas ; je ne m'attendois pas à l'obtenir , je
sçavois aussi bien que luy
mesme ce qui l'obligeoit à
me la refuser, mais je prenois plaisir à luy donner
un peu d'inquietude pour
le punir du mépris que je
voyois qu'il avoit pour
moy. Il partit donc pour
son assignation amoureu-
se , malgré mes plaintes &
malgré mes reproches, &
pour ne donner aucune
connoissance de sa route,
il ne voulut pas prendre

un cheval de fon écurie,
mais s'en faifant amener
un de loüage, à un endroit
détourné, il fe mit fans
aucune fuite fur le chemin
de la maifon, que je luy
avois marquée. Ie l'y de-
vanceay de quelques heu-
res : car outre qu'il avoit
efté obligé d'attendre la
nuit, & que j'étois for-
tie auffi-toft apres midy,
il luy arriva un accident
affez fâcheux. Il étoit
tres-mal monté & fes bel-
les penfées l'occupoient fi
fort qu'il regardoit rarement où fon cheval met-

toit les pieds, il eftoit tard,
comme je vous ay mar-
qué, & nous n'étions en-
core qu'au commence-
ment du Carefme : il fe
planta dans le milieu d'un
bourbier, d'où il eut des
peines extrêmes à fe reti-
rer. Si ce mal-heur fût arrivé à un amant ordinaire,
il n'auroit pas efté furprenant, l'amour prend fou-
vent plaifir à fe joüer ainfi de l'impatience des
gens amoureux, mais de
voir qu'il arrivoit à un mary, qui alloit en rendez-
vous avec fa femme, &

que cette mefme Dame
qu'il pourfuivoit avec tant
d'ardeur fans la connoif-
tre, & qu'il alloit cher-
cher au peril de plufieurs
avantures fafcheufes, ef-
toit tous les jours à fa dif-
pofition dans fa maifon,
c'étoit là le plaifant de l'a-
vanture, & voilà ce qu'on
peut dire qui n'étoit ja-
mais arrivé. Le pauvre Nogaret fe voyant dans une
bourbe puante, qui com-
mençoit à luy glacer les
jambes, & fe trouvant
fur une mafette outrée,
qui ne fentoit ny la main
ny

ny l'éperon, faiſoit mille
vœux ſecrets à l'amour
pour obtenir de luy qu'il
le tiraſt de ce vilain lieu.
Il vouloit ſe jetter dedans,
& eſſayer de ſe ſauver à
pied , mais outre que
cette bouë eſtoit graſſe
& profonde , il n'avoit
point d'habit pour ſe net-
toyer : il perçoit les flancs
de ſa Roce , il juroit , il
murmuroit , mais il euſt
long-temps juré & mur-
muré inutilement, ſi l'of-
ficieux Colomne ne fuſt
arrivé à ſon ſecours. Ce
prudent homme jugeant

IV. Partie.   H

bien que l'éclairciſſement
de Nogaret & de moy ne
pourroit ſe faire ſans quelque aigreur; venoit reme-
dier par ſa preſence, aux
ſuites que cette aigreur
pourroit avoir. Nogaret le
reconnût au clair de la
Lune qui eſtoit levée, il
luy cria qu'il vinſt à luy, &
Colomne s'étant appro-
ché; Ha; mon cher amy,
luy dit-il d'une voix que
la colere & le froid ren-
doient tremblante, tirez-
moy d'icy je vous en con-
jure, je n'en puis plus, &
il y a deux heures que je

fuis dans ce bourbier. Co
lomne le reconnoiſſant, &
le voyant dans cét eſtat,
pour une avanture,
qu'il ſçavoit qui le meritoit ſi peu, trouva cette
rencontre ſi plaiſante,
qu'il ne pût répondre à
ſon amy que par un grand
éclat de rire. Comment,
luy dit Nogaret tout en
colere, c'eſt ainſi que vous
me ſecourez dans les oc-
caſions où j'ay beſoin de
voſtre ſervice? Et quel ſervice voulez-vous que je
vous rende? reprit Co-
lomne en riant toûjours:

Ie ne suis ny deffricheur,
ny marinier, & il fau-
droit tous les outils de
l'un ou de l'autre pour
vous arracher d'où vous
estes: que faites-vous dans
ce lieu-là? qui vous y a
amené? & comment cou-
rez-vous ainsi les chemins
seul, sans équipage &
sur une masette comme
la vostre? Nous répódrons
à ces questions une autre
fois, reprit Nogaret ou-
tré de dépit & de honte:
il ne s'agit pas de cela
presentement, taschez
seulement à me tirer d'où

je fuis, je vous en conjure. Colomne defcendit de
cheval, il prend la ma-
fette par la bride, crie,
bat cette pauvre befte, &
enfin il fait tant par fes
travaux qu'il la fait approcher d'un endroit, d'où
Nogaret pût fe jetter à
terre. Quand il y fut, ils
allerent enfemble à un
village prochain, où mon
mary fe fit décrotter, &
d'où Colomne envoya
chercher une autre mon-
ture : car la mafette étoit
expirante, & l'impatien-
ce de mon époux ne luy

LE
DEGOÛT

H iij

permettant pas d'atten-
dre que le cheval qu'on
avoit envoyé querir, fût
venu, il prit celuy de son
amy, & vint à toute bride,
où il y avoit si long-temps
qu'il se desiroit. J'étois au
lit quand il arriva ; car
voyant l'heure de l'assi-
gnation passée, & n'osant
me commettre à retour-
ner seule, la nuit, à Paris ;
je m'étois resoluë à de-
meurer en cette maison,
étant bien assurée que je
justifierois cette absence
en temps & lieu. Le transf-
port de Nogaret fut si

grand , lors qu'il se vit seul dans une chambre avec moy, qu'il ne s'avisa pas d'abord de faire apporter la lumiere proche de mon lit. Il se mit à genoux, & prenant une de mes mains, il la baisoit avec tant d'amour & tant de joye, que je craignis qu'il n'y succombast. J'avouë que je portay envie à son erreur, & que j'aurois eu beaucoup d'obligation au hasard , s'il avoit fait en ma faveur ce qu'il faisoit en la sienne: je n'aurois pas voulu com-

H iiij

mettre un crime , mais
j'aurois bien souhaité que
quelque enchantement
pareil à celuy de mon ma-
ry , m'euſt fait trouver
dans ſes careſſes le plaiſir
qu'il ſentoit en me les
faiſant. Il ſe jettoit ſur
mon lit , il embraſſoit
mes genoux au travers de
la couverture , & il me
rendoit graces de la bonté
que je luy témoignois,
dans des termes qu'il é-
toit aiſé de juger que l'a-
mour luy dictoit. Mais
quand apres ces premiers
momens de trouble &

de transport , il vint à tirer entierement mon ri-
deau , & que dans cette
Inconnuë si tendrement
aimée , il vit cette mesme
femme qui luy estoit si indifferente : O Dieux s'é-
cria-t-il, ce n'est que ma
femme , & se reculant de
quelques pas , comme
pour mieux s'éclaircir de
son doute, il se laissa tomber sur un siege si touché
& si surpris de cette avanture, qu'il sembloit qu'il
fût devenu immobile.
Non, luy dis-je froide-
ment, ce n'est que vostre

femme, vous voyez com-
me il eſt dangereux de s'a-
bandonner à la conduite
de ſon cœur; vous n'au-
riez jamais ſoupçonné le
voſtre de l'erreur qu'il a
commiſe , & Mariane
vous eſt ſi indifferéte ſous
le nom de Madame de
Nogaret , que vous ne
pouvez comprédre qu'el-
le vous ait charmé ſous
une autre forme. Ie ſuis
pourtant cette meſme
Dame maſquée, qui vous
prevint d'une inclination
ſi violente, lors que vous
la vîtes dans les jardins du

Palais. Cette taille , ces
yeux , cette gorge : en-
fin toute cette perſonne ſi
ardemment deſirée , ſans
eſtre connuë de vous , eſt
celle·là meſme que vous
regardez avec tant de
mépris depuis que vous la
connoiſſez. Je vous l'a-
vois bien mandé dans le
billet que vous perdiſtes,
que voſtre paſſion ceſſe-
roit ſi-toſt que vous me
verriez. Ie ne ſçay ſi Nogaret preſſé de ces reproches ne pût les ſupporter
plus long·temps, ou ſi le
dépit d'avoir eſté deceu

augmenta l'horreur qu'il avoit témoignée pour ma veuë , mais il fortit de la chambre brufquement, & fe faifant donner fon cheval , il reprit le chemin de Paris auffi mal fatisfait de fon affignation amoureufe qu'il avoit crû devoir en eftre content. Colomne arriva un moment apres le départ de mon époux : je luy racontay ce qui s'eftoit paffé à noftre entreveuë , & j'appris de luy ce qui étoit arrivé à Nogaret dans fon voyage. Ie ne pûs m'empêcher de rire quád je me le repreſentay dans ſon bourbier, mais un retour de tendreſſe ſuccedant à ce premier mouvement, je renvoyay Colomne apres luy , craignant qu'il ne luy arrivaſt quelque nouvel accident. I'avois regardé cette intrigue comme un jeu , & j'eſperois que Nogaret la regarderoit de meſme , mais je fus déceuë dans mon opinion. Il eut une telle rage d'avoir eſté trópé qu'il ne m'a jamais pardonné cette tromperie.

LE DEGOÛT .

Colomne avoit beau luy
reprefenter que c'eftoit le
hafard qui l'avoit com-
mencée, & que fi l'un de
nous deux avoit fujet de fe
plaindre des fuites; c'étoit
moy & non pas luy. Il ré-
pondoit à ces remontran-
ces, que j'étois une diffi-
mulée, & qu'une femme
capable de fe déguifer de
cette forte, le feroit auffi
des infidelitez les plus
horribles, fi elle entre-
prenoit de les faire. Voyāt
donc que je ne pouvois
l'adoucir, je luy ay fait
propofer de venir joüir

du Privilege que vous ac-
cordiez à tous les époux
mécontens. Le rang qu'il
tenoit en France luy fai-
soit envisager cette pro-
position avec repugnan-
ce, mais les maris char-
gez de femmes qu'ils
n'aiment pas, ne trou-
vent rien d'impossible
pour s'en délivrer. Nous
avons quitté nostre pa-
trie, nous voicy dans vô-
tre Cour. Mais, Madame,
admirez la bizarrerie de
mon étoile, la liberté où
je suis de me separer de
Nogaret, me fait trou-

ver cette feparation infup-
portable. De grace, ma
grande Princeffe, pourfuivit Mariamne en fe jet-
tant aux pieds de Mar-
guerite ; obtenez du
Prince Dulcin, qu'il n'ac-
corde point à mon époux
la permiffion que je fçay
qu'il luy demande. Com-
me je l'ay imité dans fon
dégouft , peut-eftre fui-
vra-t-il mon exemple
dans mon retour. La ne-
ceffité de nous aimer a fait
naiftre noftre antipathie,
la liberté de nous haïr,
doit rallumer nôtre paffió.
                    Mariamne

Mariamne ne se trompoit pas quand elle parloit de cette sorte. A peine sa priere finissoit , que Dulcin vint demander à Marguerite de la part de Nogaret , ce que Mariamne conjuroit Marguerite de demander au Prince de la sienne. Cét époux , & cette épouse se reprirent avec autant d'amour qu'ils s'étoient pris la premiere fois , & leur exemple ayant esté suivy de beaucoup d'autres , ils ramenerent en France plusieurs maris & plu-

I V. Partie.   I

sieurs femmes, qui renon-
cerent au privilege de divorce, & qui publierent
que le desir de changer
cesse entierement si-tost
qu'il est permis de le faire. Ils agirent tous en
gens de bon sens d'en
user de cette sorte , ils
auroient esté contraints
de faire par force , ce
qu'ils firent de leur propre
volonté : car le Pape Cle-
ment V. ayant esté aver-
ty de ce qui se passoit en
Lombardie , & ne trou-
vant pas cette nouvelle
loy conforme à celle du

Chriſtianiſme, leva une
puiſſante armée, & l'en-
voya contre Dulcin, ſous
la conduite du Legat ſon
Neveu. Le Legat le vain-
quit, le contraignit à re-
noncer à ſon erreur, &
tira ſes ſujets du libertinage, où ils commen-
çoient à ſe plonger.

Ce fut un grand malheur pour
   le ſiecle où nous ſommes,
Au beſoin que l'Hymen auroit
   d'un tel ſecours,
Ie connois nombre de nos
   hommes
Qui ſeroient s'ils l'oſoient, les
   Dulcins de leurs jours.

DomPe-
dre.

Pendant que Margue-
rite pleuroit les victoi-
res du Legat, & que quel-
ques époux craignant les
fuites de la guerre, fe hâ-
toient prudemment de
joüir du privilege ; Dom
Pedre Roy de Caftille
s'appliquoit dans fon Ef-
tat l'ufage de la liberté
qu'on détruifoit dans ce-
luy des Lombards. Il avoit
envoyé des Ambaffadeurs
en France, pour deman-
der en mariage Blanche,
fille de Pierre Duc de
Bourbon , parent tres-

proche de Philippe, dit de
Valois, premier de cette
race , qui ait occupé le
Trône de France. Les
Caſtillans ſont gens fleg-
matiques en fait de ne-
gotiations , & ceux que
Dom Pedre avoit em-
ployez à celle cy , cher-
chât l'avantage du Royau-
me, plûtoſt que la ſatis-
faction particuliere du
Roy, ils furent ſi long-
temps à tomber d'accord
de leurs conditions, que
Dom Pedre, ſe laſſa de
les attendre. Il eſtoit auſſi
violent que ſes Ambaſſa-

deurs estoient temperez:
quand il avoit envoyé de-
mander Blanche, il n'a-
voit preparé sa patience,
qu'au temps qu'il faloit
pour faire le voyage de
Paris à Burgos, & voyant
que ce temps estoit con-
sommé, & qu'il ne sça-
voit encore quand l'é-
pouse future partiroit, il
s'avisa de soulager son inquietude par quelque le-
ger amusement : car on
appelle d'ordinaire de ce
nom, tous les commen-
cemens d'une passion : on
regarde comme un ca-

price paſſager , ce qui
fait ſouvent les plus grandes affaires de la vie, &
croyant ſe joüer avec l'a-
mour comme avec un
enfant , on trouve que ſes
moindres   égratignures
deviennent des bleſſures
mortelles.   Il en arriva
de cette ſorte à noſtre jeune Monarque. Il décou-
vre ſa penſée à Nugnez de
Prode Grand Maiſtre de
l'Ordre de Callatrava, &
le plus cher de ſes Favo-
ris. Les negotiations de
l'eſpece de celles-là , ne
ſont pas d'elles - meſmes

fort honorables , mais la confiance du Souverain les ennoblit. Il est toûjours beau d'entrer dans le secret de son Maistre, quelque part qu'il luy plaise d'y donner. Nugnez se crût donc fort honoré du choix que le Roy de Castille faisoit de luy, pour le servir dans sa galanterie, & pour s'acquitter dignement de cette commission , il s'occupa tout entier à chercher une maistresse à Dom Pedre. Cette recherche ne donne pas grande peine à ceux qui

qui la font. On trouve aisement des Dames de bonne volonté quand on les demande pour un Roy : mais Nugnez ne s'accommodoit pas de tout ce qui s'offroit à sa rencontre. Il estoit aussi fidelle sujet, qu'adroit entremetteur, & ne voulant donner au jeune Roy que l'amusement qu'il desiroit, il avoit de la peine à trouver une personne assez jolie pour plaire, sans estre assez parfaite pour engager Dom Pedre dans une grande passion. Il

IV. Partie.　　　K

crût toutesfois avoir rencontré ce qu'il cherchoit en Marie de Padille, fille d'honneur de la Duchesse d'Albuquerque. Cette fille avoit de l'esprit & de l'enjoüement, elle étoit jeune & assez agreable, & bien qu'elle ne fust ny d'une beauté ny d'un rág, à former aucun obstacle au futur Hymenée, elle avoit assez de charmes pour faire attendre la Princesse Blanche sans impatience. Ce seroit charger nos Annales d'une circonstance inutile, que de rapporter icy les premieres démar- ches du Monarque vers la Demoiſelle, & de la Demoiſelle vers le Monarque. Les Amans dú rang dē Dom Pedre, ne s'aſſujettiſſent pas aux loix du Roman. Ils enlevent les cœurs de puiſſance abſoluë, & ce n'eſt pas pour eux qu'ont eſté inventées les declarations d'amour dás les formes. Nugnez dit à Padille: le Roy vous a trouvée à ſon gré, & Padille luy répondit; Que plaiſt-il au Roy de me commander? mais cette intrigue liée a-

K ij

vec tant de promptitude
& consommée avec tant
de facilité, n'eut pas un
progrez conforme à son
commencement. Padille
avoit mille qualitez pro-
pres à faire la felicité d'un
Amant heureux, dont les
gés indifferés ne croyoiét
pas qu'elle fût pourveuë :
l'enjoüement de son esprit
animoit toutes ses actions,
une complaisance flateuse
supleoit au deffaut de l'ex-
trême beauté qui luy man-
quoit, & la magnificence
du Roy faisant éclater une
inclinatió naturelle qu'el-

le avoit pour la propreté; Dom Pedre trouva d'abord dans ſa Maiſtreſſe, ce que le Grand Maître avoit eſperé qu'il n'y rencontreroit jamais. Il ne preſſoit plus ſes Ambaſſadeurs de conclure, & le peu d'intereſt qu'il prenoit à leur retour, le luy faiſant trouver precipité, à peine il avoit ſongé que la Princeſſe Blâche eſtoit partie de Paris, qu'on vint l'avertir qu'il faloit envoyer la recevoir ſur les frontieres de Caſtille. Cette nouvelle le ſurprit autant qu'elle l'affli-

K iij

gea. Il auroit fouhaité pouvoir l'ignorer toute fa vie; mais le Mariage des Rois n'étant pas un jeu de theatre, il falut que Dom Pedre fift comme s'il avoit été content. Il envoya Nugnez de Prade au devant de la nouvelle Reine, & marchant luy-mefme à fa rencontre jufques à trois journées de Burgos, il fe refolvoit à fortir de ce méchant pas le plus honneftement qu'il pourroit ; mais l'amour qu'il avoit pour Padille ne s'accordoit pas avec cette refolution. Une

abfence de trois jours luy
parut un fiecle , il vouloit
retourner aupres d'elle, il
ne pouvoit fe refoudre à
confommer le Mariage a-
vec Blanche, & regardant
le devoir legitime comme
une infidelité envers fa
Maiftreffe, il laiffa la nouvelle Reine comme il l'a-
voit trouvée , & il courut
fe confoler avec fa Padille
des contraintes où il avoit
efté affujetty. Lors que
Nugnez de Prade apprit
que le Roy commandoit
fon équipage pour retour-
ner à Burgos ; il crût avoir

K iiij

mal entendu, il se rendit
aupres de luy, & le trou-
vant prest à monter à cheval; Quoy Seigneur, luy
dit-il tout surpris, vous
voulez déja quitter la Reyne vostre Espouse? Hé Seigneur, songez vous bien
qu'il n'y a qu'un jour que
vous estes avec elle? Je ne
sçay si c'est assez pour elle,
reprit Dom Pedre froide-
ment ; mais je sçay que
c'est trop pour moy. Est-
ce Seigneur, poursuivit le
Grand Maistre, que vous
ne l'avez pas trouvée telle
que vous avez deu l'espe-

rer , ou que mal inſtruite
dans l'obeïſſance qu'elle
vous doit, elle a? … Non,
Grand Maiſtre, interrom-
pit le Roy bruſquement ,
ce n'eſt rien de tout cela;
mais c'eſt que Dom Pedre
de Caſtille n'eſt pas nay
pour Blanche de Bour-
bon. Ceux qui ont fait cét
aſſemblage, ne nous ont
pas connus l'un & l'autre,
& pour le trancher court ,
elle peut reprendre le chemin de la France, ſi elle
eſt venuë pour eſtre la
femme du Roy de Caſtil-
le : car elle ne m'eſt rien

& elle ne me fera jamais
que ce qu'elle eſt aujour-
d'huy. Le fidelle Nugnez
effrayé de cette reſolution
fit tout ce qui luy fut poſſible, pour en faire conſi-
derer l'importance à Dom
Pedre : il luy repreſenta
la puiſſance des Ducs de
Bourbon, qui par l'ave-
nement des de Valois à la
Couronne de France, ſe
voyoient alliez de fort
pres à cette Royale mai-
ſon; l'intereſt general de
tous les Souverains dans
l'affront fait à une Princeſſe ſi proche parente du

plus puiſſant de tous les
Rois, les mécontente-
mens du ſiege Apoſtoli-
que, pour la rupture d'un
Mariage ſi ſolemnel, les
murmures de ſon peuple,
& le tort qu'il faiſoit à ſa
propre gloire; mais tou-
tes ces remontrances fu-
rent inutiles. Dom Pedre
partit ſans daigner répondre aux ſages avis du Gŕad
Maiſtre, & il le laiſſa de-
teſter en liberté, le choix
qu'il avoit fait de Padille
pour eſtre la Maiſtreſſe du
Roy. Ce fidelle Favory en-
viſageant d'une veuë les

maux que ce procedé al-
loit attirer fur la Caftille,
voulut en détourner le
coup, en ménageant l'ef-
prit de la jeune Reine. Il
étudie un difcours élo-
quent pour excufer le
traitement que cette
Princeffe recevoit, & a-
pres l'avoir examiné avec
foin & s'eftre trouvé content de ce qu'il contenoit,
il fait demander une au-
dience à Blanche, & il
s'efforce de juftifier Dom
Pedre. Une maladie fup-
pofée avoit caufé fa tie-
deur, quelques affaires

d'Eſtat imaginaires ſer- voient de pretexte à ſon départ ; mais il n'avoit pas beſoin de prendre tant de peine. Blanche étoit une Princeſſe ſans experience , elle avoit été élevée dans un Monaſte- re où on faiſoit un ſcrupu- le de lever les yeux , & elle croyoit qu'il ſuffiſoit d'a- voir eſté épouſée par les Ambaſſadeurs de Dom Pedre, pour eſtre la Reine de Caſtille. Quand Nugnez s'apperceut de cette er- reur, il en fut ſurpris : le Roy luy avoit fait com-

prendre qu'il n'avoit point
confommé le Mariage, il
s'attendoit à voir la Princeffe mortellement offen-
fée de ce mépris, & c'é-
toit fur quoy rouloit le
fort de fa harangue: mais
quoy qu'il pût dire pour
s'expliquer clairement, &
quelque adreffe qu'il em-
ployaft pour tirer le fe-
cret de Blanche fans per-
dre le refpect qu'il luy
devoit, il la trouva toû-
jours perfuadée qu'elle
eftoit la femme de Dom
Pedre, & elle rougiffoit
en l'avoüant, comme une

autre femme auroit rou-
gy des plus grands crimes.
Une ignorance ſi profon-
de eſt rare dans une per-
ſonne de l'âge de Blanche,
& Nugnez ne pût la con-
ſiderer ſans étonnement,
à cét étonnement ſe joi-
gnit la pitié, & de l'un &
de l'autre il reſulta un
commencement d'amour
qui eut depuis de funeſtes
ſuites. Blanche étoit jeune, elle avoit beaucoup
de douceur, elle étoit
Reine, & il ne luy man-
quoit que le deſir de plaire pour eſtre Belle. Voilà

donc noftre Grand Maî-
tre amoureux, lors qu'il
s'y étoit le moins attendu,
& de la perfonne du mon-
de dont il apprehendoit
le moins de le devenir. En
effet, fa fidelité pour fon
Maiftre fembloit devoir
fermer toutes les avenuës
de fon cœur, à cette cri-
minelle paffion : jamais
fujet n'avoit efté plus zelé
pour fon Roy : il avoit
donné mille marques d'un
refpect inviolable. Mais
dequoy n'eft point capa-
ble l'amour? Nugnez trou-
voit des charmes dans
l'ingenuité

l'ingenuité de Blanche ,
que Dom Pedre avoit re-
gardez cóme des deffauts;
il ne goûtoit plus aucuñe
joye qu'auprés de cette
Princeſſe , & le pretexte
de remettre le Roy dans
ſon devoir, fourniſſant au
Grand Maiſtre des occa-
ſions frequentes de lon-
gues conferences avec la
nouvelle Reine, ſa paſſion
augmenta d'une telle ſor-
te par ces entreveuës, qu'à
peine il pouvoit la diſſi-
muler. S'il eût conſulté
ſon cœur ſur le ſuccez
de ſa negotiation, il auroit
IV. Partie.   L

fait tout ce qui luy auroit
été poffible pour ne pas y
reüffir. De quelque ma-
niere qu'il envifageaft les
mépris du Roy pour la
Princeffe de Bourbon, ils
ne pouvoient eftre qu'a-
vantageux à Nugnez de
Prade. Premierement, ils
menaffoient la Caftille
d'une fanglante guerre, &
à regarder le Grand Maif-
tre comme Miniftre, cet-
te menace devoit luy plaire. De plus ils fourniffoient
une occafion de flaterie
aux Courtifans, dont un
Favory pouvoit faire un

uſage merveilleux , & ſi ſa
Politique s'accommodoit
de ce divorce , le Lec-
teur jugera facilement
que ſon amour s'en ac-
cómodoit encore mieux.
Mais comme cét illuſtre
Caſtillan eſtoit plus veritablement honneſte hom-
me, qu'Amant & ſujet
intereſſé , il fit autant
d'efforts pour remettre le
Roy dans ſon bon ſens ,
que s'il n'avoit trouvé aucun avantage dans ſon ex-
travagance. Il confere a-
vec le Duc d'Albuquer-
que mary de l'ancienne

Maiſtreſſe de Padille , &
l'amy particulier de nôtre
Nugnez. Le malheur que
le Duc avoit eu d'élever
dans ſa maiſon celle qui
alloit devenir le tiſon fa-
tal de la maiſon Royale
de Caſtille , le rendoit
plus paſſionné pour les in-
tereſts de Blâche, qu'aucun
des Grands du Royaume.
Ils vont enſemble trouver
Padille , ils la prient comme ſes amis, d'employer
le pouvoir qu'elle avoit
ſur l'eſprit du Roy, pour
l'obliger à traiter Blan-
che comme il le devoit;

mais voyant que sous le titre d'amis ils n'étoient point écoutez, il changent de caractères: ils luy parlent avec authorité, & ils la menaffent du reffentiment de toute la Caftille, fi elle n'arrefte le cours d'une injuftice dont elle eftoit regardée comme la caufe. Padille avoit de l'orgueil, & de l'efprit, elle montra par la fuite combien elle étoit irritée de cette menace, mais ne jugeant pas qu'il fût temps de faire éclater fon reffentiment, elle promit au

Duc & au Grand Maiſtre
de contribuer autant
qu'elle pourroit à la ſatis-
faction de Blanche. Elle
ſe garda bien toutesfois
d'executer cette promeſ-
ſe, elle avoit trop d'or-
gueil, & trop d'ambition,
pour faire des prieres ſi
contraires à ſa vanité, &
à ſes eſperances. Cepen-
dant les Caſtillans ne pou-
vant ſouffrir l'injure qu'on
faiſoit à leur nation, en
violant une foy ſi ſolem-
nellement donnée par les
plus conſiderables d'en-
tr'eux, murmurent hau-

tement de cette injuſtice;
les Grands ſe liguent & le peuple ſe cantonne , tout panche à la revolte dans le Royaume. Leonor. Reine Doüairiere d'Arragon, & tante de Dom Pedre , voyant le Roy ſon neveu dans ce peril , prend la liberté de l'en avertir. Elle avoit le courage grand, & l'Hiſtoire la loüe d'une éloquence au deſſus de ſon ſexe. Elle repreſente au Monarque l'état pitoyable où il alloit reduire ſa Couronne , s'il ne ſe reſolvoit à garder au moins

quelques apparéces d'hô-
nesteté avec sa femme, &
le propre de l'éloquence
étant de donner les cou-
leurs les plus fortes qu'elle peut inventer, aux maux
qu'elle entreprend de faire craindre; Leonor sceut
si bien dépeindre à Dom
Pedre les malheurs dont
il étoit menassé, qu'il crût
déja en estre attaqué. C'é-
toit un Prince violent ,
d'un naturel farouche, &
à qui la posterité a donné
le surnom de Cruel. Il envoya chercher Nugnez si-
tost que la Reine sa tante
fut

fut partie, & apres luy a-
voir exprimé son ressentiment contre les rebelles,
avec une fureur dont le
Grand Maistre fut effrayé,
il luy dit qu'il faloit oster
aux Castillans tout pretexte de revolte, en ostant
Blanche du monde: qu'il
avoit resolu de la faire em-
poisonner,& que connois-
sant le zele & la fidelité
que le Grand Maistre a-
voit pour son service ,il le
choisissoit pour cette ex-
pedition.Si quelque favo-
ry bien amoureux à jamais
receu de son Maistre la

IV. Partie.　　M

commiffion de faire mou-
rir fa Maiftreffe, il com-
prendra facilement le de-
fefpoir de Nugnez, à ce
funefte difcours. Il ay-
moit le Roy jufques à
mourir mille fois plûtoft
que de le trahir, & il ay-
moit Blanche avec une
paffion d'autant plus violente qu'elle étoit pure, &
qu'il n'aimoit que pour aimer feulement. Quand il
envifageoit Dom Pedre
comme un grand Monar-
que qui l'honnoroit de fes
faveurs les plus étroites, il
croyoit ne pouvoir affez

toſt obeïr à ſes ordres.
Quand il regardoit Blan-
che comme une Princeſſe
innocente , qui ne meri-
toit aucune de ſes infor-
tunes , & qu'il aimoit ardemment, il ne connoiſ-
ſoit rien de ſi ſacré qu'il ne
deuſt immoler à la ſureté
de ſes jours. Cette perple-
xité luy oſtant l'uſage de
la parole , le Roy fut con-
traint de luy demander
s'il étoit devenu muet
depuis qu'il étoit entré
dans ce cabinet. Pluſt au
Ciel, Seigneur, repliqua
Nugnez, que je le fuſſe de-

venu, je ferois difpenfé de répondre au difcours le plus furprenant, & le plus cruel pour moy que j'aye jamais entendu. Quoy Seigneur, pourfuivit-il en regardant le Roy fixement, vous voulez faire mourir une innocente Princeffe, qui n'eft coupable d'aucun crime, que de n'avoir pas le bon-heur de vous plaire, & qui fupporte cette infortune avec tant de foûmiffion, que fa patience devroit l'avoir fait ceffer! Appellez-vous du nom de foû-

miſſió, interrompit le Roy
bruſquement , les partis
ſecrets qu'elle forme dans
mon Eſtat, & les remon-
trances dont elle me fait
accabler tous les jours. Ie
ne puis plus ſortir de mon
Palais, que je ne ſois aſ-
ſailly des clameurs du
peuple qui me demande
ſa Reine. Les Grands de
Caſtille m'importunent
ſans ceſſe de leurs ſuppli-
cations. La Reine ma tan-
te meſme, ne peut ſe diſ-
penſer de m'anoncer de
méchantes Propheties.
Voulez-vous que j'atten-

M iij

DOM
PEDRE.

de paisiblement la revolte de mes sujets ; & qu'imprudemment exposé aux effets de la brigue des François, j'abandóne ma vie à la fureur d'une femme irritée. Non, Seigneur, je ne veux pas cela, reprit Nugnez: je mourrois mille fois avant que de souffrir une pensée qui fut contraire à la sureté de vos jours ; & bien que je donnasse tout mon sang pour celuy de la Reine, je suis pourtant prest à le verser si vous me le commandez. Mais de grace, Seigneur, pour suivit le Grand Maistre, en se jettant aux pieds du Roy, envisagez les suites de ce commandement avant que de le faire. Blanche n'est point une de vos sujettes que vous ayez élevée au Trône par un effet de vostre bonté: c'est une Princesse illustre par sa naissance, & par sa vertu, & parente tres-proche d'un des plus Grands Rois de l'Europe. Que pensez-vous que fasse ce Monarque & tous ses alliez, s'il vous soupçonne d'avoir osté du monde une Princeſſe de ſon ſang, qu'il vous a donnée pour voſtre femme. Encore ſi vous aviez gardé quelques meſures avec elle, on pourroit faire paſſer une mort violente pour une mort naturelle ; mais qui penſez-vous qui doute de la verité apres le traittement que cette Princeſſe a receu de vous. Il faudroit qu'on vous crût bien chery de la deſtinée, ſi on vous voyoit delivré d'une femme incommode ſi à propos, ſans qu'on s'imaginaſt que

vous euffiez contribué
à fa mort que par vos
fouhaits. Croyez-moy Sei-
gneur, il n'y aura perfonne qui ne foit perfuadé
que vous aurez joint les
effets aux defirs; & cette
opinion eftant bien éta-
blie, comme elle le fera
fans doute, jugez de l'effet qu'elle produira. Mais
que feray je donc, inter-
rompit Dom Pedre, pour
me garentir des perils où
noftre divorce m'expofe:
car pour vivre honnefte-
ment avec Blanche, il ne
m'eft pas poffible. I'ay

une antipatie pour elle
que je ne puis vaincre ,
toutes ſes actions me dé-
plaiſent , & j'aime Padille
juſques à l'adoration. Si
je n'avois que mon amour
à vaincre , ou mon aver-
ſion à ſurmonter , je pourrois peut-eſtre y parvenir;
mais de les combattre
l'une & l'autre en meſme
temps, & non content de
m'arracher une paſſion
violente du cœur , entre-
prendre encore d'y plaçer,
une perſonne que je hay
naturellement : Non ,
Grand Maiſtre, non, c'eſt

ce que je ne sçaurois faire,
Seigneur, reprit Nugnez,
cela ne seroit peut-estre
pas si difficile à executer
pour un autre qu'il l'est
pour vous. Les apparen-
ces que l'Hymen exigent
d'un mary prudent, n'ont
rien d'incompatible avec
une passion ; mais puis
qu'un accommodement
que tant d'époux trou-
vent aisé, paroist impossible à vostre Majesté, de-
meurez tout entier à l'heu-
reuse Padille ; vostre volonté doit faire nostre loy,
& ce n'est pas aux sujets,

à se revolter contre les
desirs de leurs Souverains.
Mais Seigneur contentez-
vous de cette impunité,
sans la porter jusques à dis-
poser d'une vie que le Ciel
ne vous a point soûmise.
Mais interrompit le Mo-
narque, d'un ton de colere,
si je n'immole pas cette
vie à ma sureté, je suis en
danger de voir la mienne
immolée au ressentiment
des François. Pensez vous
que cette Nation si puis-
sante & si belliqueuse su-
porte le mépris que j'ay
pour Blanche, sans faire

aucun effort pour la van-
ger. Et la vangeront - ils
moins Seigneur, reprit le
Grand Maiſtre, quand ils
vous ſoupçonneront de
luy avoir oſté la vie. Le gé-
re de cette mort ſeroit
douteux , repliqua Dom
Pedre , & le mépris que
j'ay pour Blanche ne l'eſt
pas : & d'ailleurs on peut
eſperer de me contrain-
dre à tenir ma parole, tant
que cette Princeſſe vivra,
& on ne s'attendroit pas à
la reſuſciter ſi elle eſtoit
morte. On s'efforce vo-
lontiers d'apporter des

remedes aux maux qui
font encore en état d'être
gueris, & on ne s'avife
guere d'en chercher pour
ceux qui font defefperez.
Enfin, Nugnez, il ne faut
point raifonner fur une
chofe refoluë, je veux me
deffaire de Blanche, & fi
vous me refufez voftre af-
fiftance pour reüffir dans
ce deffein, je trouveray
quelques autres de mes
fujets plus zelez pour mon
fervice, & moins fcrupu-
leux, qui fe tiendront ho-
norez de recevoir cette
commiffion de ma bou-

che. Nugnez voyant que

le Roy s'emportoit, &
craignant qu'en effet, il
ne donnaſt ſes ordres à
quelqu'un plus diſpoſé à
les executer qu'il ne l'é-
toit, feignit de ſe rendre
à ſon raiſonnement : il luy
promit de le deffaire de la
Reine. Mais, Seigneur, a-
joûta-t-il, permettez-moy
du moins de garder quel-
ques meſures ; ne precipi-
tez point une affaire qui
merite d'être digerée. Il
faut chaſſer les François
de ce Royaume , avant
que rien entreprendre

contre une Princeſſe de
leur nation, il faut ſe ſer-
vir du pretexte des bri-
gues qu'elle forme dans
l'état, pour détruire l'eſtime que le peuple a pour
elle; & enfin il faut donner une ſi grande appa-
rence de juſtice à ce tre-
pas, que quand on vous
ſoupçonneroit de l'avoir
cauſé, on ne puiſſe vous
le reprocher. Dom Pedre
goûta ce dernier avis de
Nugnez, & ſe repoſant
ſur luy du ſoin de cette affaire, il ne ſongea plus
qu'à ſe plonger dans les
delices

delices avec fa trop ai-
mée Padille. L'amoureux
Nugnez fremiffant d'hor-
reur, & de crainte pour
les difcours que le Roy
luy avoit tenus, & jugeant
avec raifon, que s'il ne fei-
gnoit d'executer fes or-
dres feverement, on en
chargeroit fans doute
quelqu'autre qui les exe-
cuteroit avec plus de fi-
delité, il commença cet-
te feinte par le banniffe-
ment general des Fran-
çois, qui avoient fuivy la
Reine : il apprehendoit
quelques entreprifes fe-

IV. Partie.   N

DOMPE-
DRE.

crettes de leur part, qui rendiſſent ſon indulgeance funeſte au Roy, ou qui devincét fatalles aux jours de Blanche : il donna des gardes à cette Princeſſe infortunée, qui, ſur le pretexte de la garder de la part de Dom Pedre, avoient un ordre ſecret de veiller à ſa ſureté; & craignant inceſſamment que le Roy ne ſe laſſaſt de ſes remiſes, & ne tranchât le cours d'une vie ſi chere au Grand Maître, il avoit fait une deffenſe expreſſe aux Gardes de Blanche,

de laisser approcher qui
que ce fust de sa person-
ne s'ils ne voyoient un
billet de Nugnez. Ces
soins si charitables ayant
une apparence contraire
à leur motif particulier,
produisoient autant de
haine dans le cœur de
Blanche, qu'ils devoient
y faire naistre de recon-
noissance. Que vous ay-
je fait ? Nugnez, luy di-
soit-elle un jour, pour estre l'objet d'une injustice
que vous n'avez jamais
pratiquée que côtre moy.
Toute la Castille parle de

vous, comme du plus hon-
neste homme qu'elle ait
jamais eu. Vôtre pitié pour
les infortunéz, & voftre
refpect pour mon fexe
vous ont attiré l'eftime
de vos propres envieux,
& vous vous dépoüillez de
ces qualitez pour deve-
nir le perfecuteur d'une
innocente Princeffe qui
ne vous a jamais fait au-
cune injure, & qui vous
eftimoit infiniment avant
que vous vous fuffiez dé-
claré le plus grand de fes
ennemis. Moy, Madame,
reprit triftement Nugnez,

je suis le plus grand de vos ennemis! Et quel autre nom voulez-vous que je donne, pourfuivit la Reine, à un homme qui me retient prifonniere, qui fait chaffer de ce Royaume les gens de ma Nation, & qui porte fa tyrannie à un tel excez, que mes filles mefme n'ont pas la liberté de m'approcher fi elles ne s'avoüent de voftre nom. Vous me direz, peut-eftre, que le Roy vous commande d'en ufer de cette forte, mais je ne puis croire qu'il foit

DOMPEDRE.

capable de cette injusti-
ce. C'eſt vous, Cruel que
vous eſtes, qui abuſez de
l'authorité qu'il vous a
donnée, & qui vous en ſer-
vant contre une Princeſſe
dépourveuë de tout ſe-
cours, luy faites trouver
la captivité où elle eſtoit
venuë chercher un Trô-
ne. Mais encore un coup,
que vous ay-je fait? ſi je
vous ay fait quelques of-
fenſes ſans m'en eſtre ap-
perceuë, ce que je ne
croy pas, voſtre vangean-
ce devroit eſtre ſatisfai-
te de l'état pitoyable où

je fuis; & fi je ne vous ay point offensé, comment avez-vous la force de me traitter comme vous faites ? Ces paroles penetroient le Grand Maiftre jufques à l'ame, il ouvrit cent fois la bouche pour apprendre à Blanche les veritez qu'elle ignoroit, mais la fidelité qu'il devoit à fon Maiftre, ne luy permettant pas de trahir fa confiance, il fe contentoit d'affecter des actions, dans le particulier, qui détrompaffent la Reine des fauffes idées que les apparences publiques luy avoient fait concevoir: il luy faifoit tous les jours de petits prefens de fleurs, de fruits, ou d'effences: il luy faifoit entendre des voix & des inftrumens en fecret dans fon appartement, pour foulager l'ennuy de fa captivité. Il avoit foin de recouvrer des Tableaux & des oifeaux rares pour orner fa prifon; & comme il parloit très bien la langue Françoife, il faifoit fouvent des Vers dás cette langue, qu'il luy prefentoit pour la divertir.

Ces

Ces petites complaisan-ces ne pûrent estre si se-crettes qu'elles ne vinssent à la connoissance de Pa-dille. La Reine avoit une fille aupres d'elle, nom-mée Ieanne de Castro, qui estoit ardemment ai-mée de Fernandez d'Hy-vestrosa oncle de Padille: la fine Maistresse appre-noit par cette voye tout ce qui se passoit dans la prison de Blanche, & ju-geant par ce qu'elle sça-voit des sentimens du Roy, qu'il seroit mal satisfait des honnêtetez de Nug-

IV. Partie.   O

nez, elle crût avoir trouvé le secret de se vanger
des menaces qu'il luy a-
voit faites autresfois. Elle
conjure son oncle de met-
tre tout en usage pour tirer quelques éclaircisse-
mens de l'intrigue de la
Reine & du Grand Mais-
tre : car, disoit-elle à Fernandez pour le faire tom-
ber dans son sens, vous
concevez bien que Nug-
nez, que les bontez du Roy
ont élevé aux premieres
dignitez de ce Royaume,
ne s'exposeroit pas à deso-
beïr aux ordres d'un si bon

Maiſtre, s'il n'étoit pouſſé
à cette deſobeïſſance par
quelque grand intereſt :
il a ſans doute des intelli-
gences avec les François,
qui ſont préjudiciables à
cét Eſtat, & nous ſommes
aſſez redevables au bon-
tez du Roy, pour rompre
cette partie s'il nous eſt
poſſible. Fernandez agiſ-
ſant ſur les memoires de
ſa niece, preſſe Ieanne par
ſes lettres & par ſes diſcours, de faire ce que Padille ſouhaitoit ; il l'accu-
ſe de peu de deſir de luy
plaire, ou de deffaut d'in-

telligence quand il voit
qu'elle fait languir son at-
tente ; & se servant du
pouvoir qu'il avoit sur le
cœur de cette fille, pour
corrópre la fidelité qu'elle devoit à sa Maistresse,
il fait si bien qu'il tire
d'elle ce Madrigal que
Nugnez avoit fait à la
loüange de Blanche, sans
qu'elle s'y reconnûst, &
que Ieanne Castro avoit
pris dans les habits de la
Reine en la mettant au
lit.

POVR VNE BEAVTE' INGENVE.

MADRIGAL.

Qu'il faut avoir peu de difcer-
nement

Pour ne pas adorer une bouche
ingenuë,

Qui découvre toûjours une
ame toute nuë

Aux avides regards d'un cu-
rieux amant!

C'eft ainfi que l'amour s'ex-
plique avec fa Mere,

C'eft par de tels difcours qu'on
rend un-homme heureux.

Et l'ame innocente & fincere

Merite feule icy nos tranf-
ports, & nos vœux.

Padille pensa mourir de
joye à la veuë de ces Vers,
Fernandez les expliqua
en les luy donnant, & cette vindicative personne
les presentant au Roy si-
tost qu'elle le vit, elle em-
poisonna si bien cette innocente galanterie & dó-
na des couleurs si noires à
une passion toute pure ,
que si le Roy avoit suivy
ses premiers mouvemens,
il auroit envoyé poignar-
der Nugnez à l'heure mê-
me. Mais comme il l'ai-
moit veritablement , &
qu'il ne pouvoit oublier

les services qu'il avoit rendus à l'Estat, il se retint malgré son impetuosité naturelle. La Reine étoit alors dans le Chasteau de Maqueda place forte de Castille, ou Nugnez pour l'oster de la veuë de ses ennemis l'avoit fait renfermer. Le Gouverneur de ce Chasteau, étoit placé de la main du Grand Maistre, & il avoit lieu d'esperer qu'il luy seroit fidelle, mais il n'y a guere d'amitié & de reconnoissance à l'épreuve de l'au-

thorité d'un Roy dont on
est né le sujet. Dom Pe-
dre envoye chercher le
Gouverneur, luy ordon-
ne de faire entrer secret-
tement des troupes dans
Maqueda, sans que Nug-
nez en eust connoissance;
& flatant sa fidelité d'autant de promesses avan-
tageuses, qu'il menassoit
son indiscretion de sup-
plices, il fit changer la
garnison du Château, & n'y
laissa que des gens dont il
étoit assuré. Quand il eut
apporté cette precaution
au dessein qu'il avoit con-

ceu , il fit épier le moment où le Grand Maiſtre étoit avec la Reine, & voulant s'éclaircir par ſes propres yeux du crime dont on accuſoit ſon Favory, il ſe réd ſecrettement à Maqueda, défend au Gouverneur ſur peine de la vie de donner aucun avis de ſon arrivée au Grand Maiſtre, & ſe faiſant introduire par Ieanne de Caſtro, dans un cabinet proche de la chambre de la Reine, d'où cette fille avoit accoûtumé d'écouter les diſcours que luy tenoit Nugnez, il en-

tendit que Blanche difoit,
Encore fi dans ces fleurs
que vous me donnez, il
y avoit quelque ferpent
caché, ou fi elles renfer-
moient quelque qualité
empoifonnée qui mift
une prompte fin à mes
fouffrances, je dirois que
voftre cœur commence à
s'adoucir : Mais je voy
bien que ce prefent n'eft
qu'une de ces civilitez af-
fectées, dont vous affai-
fonnez toutes les injures
que vous me faites, &
que vous ne pratiquez
fans doute que pour m'of-

ter la foible confolation de me plaindre de vous en toutes manieres. Nugnez fut fi touché d'un reproche qu'il meritoit fi peu, que fa patience fut épuifée : Quoy , Madame, dit-il à la Reine avec un ton de voix tout changé, vous aymeriez mieux recevoir du poifon de ma main, que les petits prefens dont je tâche de divertir voftre tristeffe? Oüy fans doute, reprit la Reine : car je regarderois le poifon, comme un effet de voftre fincerité , & je regarde tous

vos autres prefens ;
comme des marques de
voſtre déguiſement. Sans
mentir , s'écria Nugnez
outré de defeſpoir, j'ay
donc bien mal ſervy vô-
tre intention : car j'ay ex-
poſé ma vie & ma fortu-
ne, & je les expoſe enco-
re tous les jours, pour me
deffendre de vous donner
ce meſme poiſon que vous
ſouhaitez de moy : & alors
ſon amour triomphant de
ſa fidelité & de ſa reſolution, il commença à dé-
couvrir à la Reine la con-
verſation qu'il avoit euë

avec le Roy, le secret
d'une conduite qu'elle a-
voit si mal expliquée, &
se trouvant engagé insen-
siblement à parler de son
amour, il commença d'en
faire la declaration. Mais
Dom Pedre ne luy donna
pas le loisir de l'achever,
il fit crier aux armes par
tout le Chasteau, & en-
trant luy-même dans la
chambre de Blanche, sui-
vy des Officiers de la garnison, il fit poignarder
Nugnez en sa presence. La
Reine auroit eu même
destinée, si l'ombre d'in-

trigue qu'elle avoit euë
avec Nugnez, n'euft fait
juger au Roy qu'il auroit
un pretexte de la perdre
avec plus d'apparence de
juftice. Il la fit refferrer
étroitement dans le Châ-
teau de Siquença, & fe
refervant à la faire mourir
dans les formes, il revint
à Burgos auffi fatisfait de
l'expedition qu'il venoit
de faire, que s'il avoit
remporté une victoire
fameufe. La vindicative
Padille l'accabloit de
loüanges pour cette ac-
tion, Fernandez fe flatant

de l'espoir qu'il heriteroit
de la place que le Grand
Maistre avoit occupée
dans l'esprit du Roy, ne
remplissoit son imagina-
tion que de dignitez émi-
nentes. Mais voyez ce que
c'est que les projets de la
prudence humaine: Dom
Pedre qui n'avoit jamais
regardé Ieanne de Castro,
qu'avec des yeux charmez
de Padille, s'étant trouvé
dans une disposition pro-
pre au changement, lors
qu'il la vit au Chasteau
de Maqueda, devint a-
moureux d'elle. Il avoit

le cœur fusceptible , &
Ieanne eftoit aimable; &
ce qui s'étoit paffé dans
la Caftille, depuis quel-
que temps, ayant mis le
Cruel Dom Pedre en goût
d'injuftice & d'impunité,
il ne regarda pas fon Hy-
men avec Blanche, com-
me un obftacle à fes nou-
veaux defirs , il gagna
deux Evefques de fon
Royaume , qui declare-
rent que le mariage du
Roy n'ayant pas efté con-
fommé , il pouvoit en
contracter un autre fans
fcrupule , & fur leur feule
authorité

authorité il époufa publiquement Ieanne de Caftro. Il eft aifé de juger que Padille , & Fernandez d'Hyveftrofa , furent fenfiblement touchez de ce Mariage. Cette ambitieufe Maiftreffe qui n'avoit pû fouffrir l'ombre d'une Reine , fur le Trône de Caftille , le voyoit occupé par une Reine abfoluë & cherie du Roy ; & Fernandez qui flaté par les promeffes de fa Niece , avoit efté l'inftrument fecret de la mort de Nugnez , ne re-

I V.   P

cueilloit pour fruit de cette action , qu'un éloi-
gnement de la faveur &
la perte d'une Maiftreffe
qu'il aimoit uniquement.
Si cette Maiftreffe euft
été auffi fenfible à la douleur de Fernandez que cét
Amant auroit deu l'efpe-
rer , elle auroit refufé la
couronne qu'on luy of-
froit , mais de ce temps-
là, comme de celuy-cy ,
on ne fe picquoit plus de
fi grande conftance ; la
gloire d'eftre Reine effa-
çoit la honte d'eftre in-
fidelle , & quoy qu'il

plaise aux Amans de pu- DOMPE-
blier à l'avantage de l'a- DRE.
mour, un Diadesme vaut
mieux qu'une Couronne
de Mirthe. Cependant,
l'infortunée Blanche re-
grettoit dans son Château
la perte de l'amoureux
Grand Maistre ; elle con-
noissoit, mais trop tard,
la difference qu'il y avoit
entre sa captivité passée,
& sa captivité presente : &
l'image de Nugnez poi-
gnardé pour ses interests,
s'offrant sans cesse à sa memoire, luy causoit des re-
mords si tendres & si pres-

sans, qu'à peine elle pouvoit les supporter sans mourir. Nous la laisserons former ses regrets en liberté, & se preparer à recevoir sans repugnance le poison qui luy fut apporté quelque temps apres, & nous donnerons un peu de relâche à nostre plume. Ce qu'il y a de fait de ces Annales est d'un premier trait, il doit estre permis de se reposer apres une course si rapide: aussi bien le reste du Regne de Dom Pedre de Castille, est si remply de meurtres, &

de cruautez de toutes ef-
peces, que je ne pourrois
achever de le décrire fans
tomber dans un Recit
Tragique que j'ay toû-
jours foigneufement évi-
té.

*Fin de la quatriéme Partie des
Annales Galantes.*

www.ingramcontent.com/pod-product-compliance
Lightning Source LLC
Chambersburg PA
CBHW070855030726
47504CB00005B/1343